LES AVEUX SINGULIERS,

OU

LE MARIAGE NUL,

COMÉDIE

EN UN ACTE ET EN PROSE;

PAR M. DE SAUR,

MAITRE DES REQUÊTES.

PRIX : 1 fr. 50 c.

A PARIS,

CHEZ
{
BARBA, libraire, Palais-Royal, derrière le théâtre Français.
PONTHIEU, libraire, Palais-Royal, galerie de bois.
}

1824.

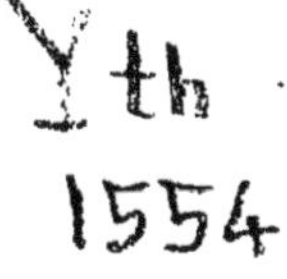

Yth 1554

L.-É HERHAN, Imprimeur-Stéréotype, rue Servandoni, N° 13.

PRÉFACE.

Au mois de mai 1822, M. Eric-Bernard, acteur
du Second-Théâtre-Français ; avait obtenu du mi-
nistre de la maison du Roi une représentation à
son bénéfice, que ses services méritaient depuis
long-temps. Diverses circonstances en ont fait
ajourner l'époque.

Il connaissait ma comédie des *Aveux Singuliers*,
par la lecture que j'en avais faite devant le jury
littéraire, attaché à ce théâtre ; comme membre
de ce jury, il avait porté sur mon ouvrage un jugement favorable, aussi bien que M. Raynouard
de l'Académie française, et deux ou trois hommes
de mérite que je pourrais nommer. Si l'on eût *pesé*
les suffrages au lieu de les *compter*, si l'on avait eu

égard à la majorité des talens, plutôt qu'à celle des voix, la réception de cette pièce n'eût souffert aucune difficulté.

Fidèle à l'opinion qu'il en avait conçue, il me demanda de permettre qu'elle fût jouée le jour de sa représentation à bénéfice; j'y consentis d'autant plus volontiers, qu'il me promit de confier les deux rôles principaux à Perlet et à Lepeintre. C'était doubler pour ma pièce les chances du succès, que de la faire paraître sous les auspices de talens si chers au public.

Je remis mon manuscrit à M. Eric, qui se chargea de le présenter à la censure dramatique pour en obtenir l'agrément. Quelques jours après, les censeurs lui firent savoir qu'ils s'opposaient à ce que ma pièce fût représentée. Je demandai la raison d'un refus qui me semblait étrange. Pressés de s'expliquer, ils donnèrent pour motif que *la pièce était trop immorale :* et je trouvai cette raison là plus étrange encore, s'il est possible.

On ne devrait s'étonner, a dit un homme de beaucoup d'esprit, que de pouvoir encore s'étonner. Quoiqu'on ait aussi méconnu mes droits à l'égard d'ouvrages plus importans, je ne suis point blasé sur ce genre d'impressions ; j'éprouve encore la surprise de l'injustice, et j'ai fait à la censure dramatique l'honneur d'être étonné de sa décision.

J'avoue que je suis encore à concevoir comment cette même censure, indulgente envers tant d'autres, est devenue, pour moi seul, ombrageuse et intraitable.

Je ne reproche point aux censeurs dramatiques leur facilité pour d'autres auteurs. Je sais quels sont les priviléges du théâtre, puisque je les invoque pour moi-même. Je sais que la comédie n'est pas un sermon ; que les mœurs qu'elle retrace devant être vraies, ne sont pas toujours exemplaires ; et que si elle est utile, c'est plutôt en offrant le portrait des hommes tels qu'ils sont, que le tableau de ce qu'ils devraient être.

Mais je réclame, et j'en ai le droit, ce me semble, contre l'injustice des censeurs qui ont rejeté ma pièce comme contraire aux bonnes mœurs. Si j'attache peu d'importance à l'ouvrage, j'en attache beaucoup au reproche. Je crois donc devoir appeler de la censure au public, et lui soumettre une pièce où il ne trouvera pas une situation qui blesse la décence, pas une expression équivoque, du genre de celles qu'on entend tous les jours aux spectacles des boulevards, et même sur des théâtres plus relevés.

Dira-t-on que ma pièce offre une image trop vraie de l'intérieur de deux époux vivant mal ensemble, et de leur antipathie mutuelle et insurmontable ? Mais ce serait faire le procès à tous les ouvrages en possession du théâtre, où de pareilles peintures sont étalées avec plus de vivacité et d'énergie. Qu'on se rappelle la joie d'être veuve que fait éclater si naïvement la femme du *Malade imaginaire*, et le désespoir de retrouver son mari vivant, dont Mme Julien est saisie dans une des meilleures pièces de Dancourt ; qu'on se souvienne de Bernadille dans *la Femme Juge et Partie*, et loin de me repentir d'avoir mis au théâtre une situation justifiée par tant de *précédens* dramatiques, tout ce que je me reproche, c'est de l'avoir resserrée dans un cadre trop étroit. Mais, après tout, ce qui fait le prix d'un ouvrage, c'est son mérite et non son étendue. Quel homme de goût n'aimerait mieux être l'auteur des *Ricochets*, de M. Picard, que de toutes ses comédies en cinq actes ?

Ma pièce n'est contraire ni à la décence ni aux
mœurs : le nœud est puisé dans les dispositions de
nos lois , qui établissent l'autorité des pères sur
leurs enfans , et prononcent la nullité du mariage
de ces derniers , contracté sans le consentement
de leurs parens. Je n'irai point citer ici les arti-
cles du code civil , ni faire un grand étalage d'é-
rudition légale dans la préface d'une petite comédie.
Je ferai seulement observer, que d'après les circonstances où j'ai placé mes deux principaux per-
sonnages , leur fuite en pays étranger , l'enlèvement
qui a précédé leur hymen furtif , surtout le défaut
de consentement de leurs parens, le mariage est
absolument nul. Or, si après avoir intéressé le
spectateur , par la peinture trop vraie des suites
d'un mariage mal assorti , lorsqu'il plaint la situation de deux époux malheureux l'un par l'autre ,
et qu'il n'imagine pour eux aucune ressource possible ; si , dis-je , j'en découvre une à la fois natu-
relle et vraisemblable, si je trouve dans l'excès
même de leurs fautes les moyens de les réparer ,
j'ai doublement rempli mon but et comme auteur
dramatique, et comme moraliste , puisqu'en même
temps que j'ai su captiver l'attention du public ,

j'ai respecté et les mœurs, et les lois qui m'ont elles-mêmes fourni les moyens de mon dénouement.

Non-seulement, les personnes les plus scrupuleuses n'auraient rien trouvé à reprendre dans ma pièce, mais elles auraient approuvé les utiles leçons qu'elle renferme. En effet, que voyons-nous dans la plupart des comédies ? des tuteurs jaloux, des pères barbares, qui font le malheur de leurs enfans, en forçant leur inclination, en refusant de les unir aux objets de leur amour. Le parterre est toujours du parti des jeunes gens contre les vieillards. Sur notre scène comique, *parent* est synonyme de *tyran*. Cette leçon, quelquefois juste, n'a-t-elle pas été poussée trop loin; et n'est-il pas convenable de balancer l'effet d'une impression si souvent répétée ; de mettre aussi sous les yeux du public les conséquences fâcheuses de la légèreté des jeunes gens qui, prenant un engouement irréfléchi, pour une passion invincible, se jurent un amour éternel, dont ils sont guéris au bout de six semaines, et s'obstinent à former des nœuds mal assortis, malgré la résistance éclairée de leurs parens ? Le spectacle de leur juste repentir, de leur

tardif désespoir, ne peut-il pas inspirer des ré-
flexions salutaires à ceux que leur âge et leur inex-
périence exposent à de semblables dangers? Et
lorsqu'un père, sage et tendre, trouvant les deux
coupables assez punis pour être corrigés, moins
irrité de leur désobéissance qu'affligé de leur
malheur, qui en est la suite, s'arme, en leur fa-
veur, des droits qu'ils ont bravés, et n'use du
pouvoir que la loi lui donne, que pour les rendre
à la liberté et au bonheur; le rôle qu'il joue n'est-
il pas intéressant et respectable? Et si l'auteur,
en cherchant à offrir une leçon salutaire, a évité
avec soin de la rendre trop sérieuse, s'il a su ré-
pandre sur une peinture, au fond très-morale,
la teinte comique que plusieurs situations lui
fournissaient naturellement, ne doit-on pas lui
savoir gré d'avoir concilié les droits de la décence
avec ceux du genre où il s'est exercé? Considérée
sous ce point de vue, ma pièce, qui tend à faire
respecter l'autorité paternelle, non-seulement n'est
point contraire aux mœurs, mais elle offre une
morale plus sévère que ne l'est ordinairement celle
du théâtre. N'est-il pas singulier que ce soit un
pareil ouvrage que les censeurs aient choisi pour
l'accuser d'immoralité?

En voilà beaucoup, sans doute, sur une bluette sans prétention, fruit de quelques heures de loisir. Mais ici l'accessoire était plus important que le principal ; et d'après la nature du reproche qui m'était adressé, repousser l'accusation portée contre ma pièce, c'était me défendre moi-même.

J'avais d'ailleurs à combattre ce rigorisme censorial qui défend aux écrivains de s'exercer sur des sujets qu'ils ont toujours eu le droit de traiter. De tout temps, les querelles, les altercations, les tracasseries des époux ont été regardées, par le public et par les auteurs, comme les sources les plus fécondes d'effets comiques ; retrancher les discordes conjugales du domaine de Thalie, c'est lui enlever la plus riche province de son empire.

PERSONNAGES.

Le baron GERMEAU, jeune colonel.
Mad. GERMEAU, son épouse.
DUPARC, propriétaire.
GERMEUIL, rentier.
FLEURY, valet de Germeau.
Mad. DUMONT, maîtresse de pension.
JULIE, nièce et pupille de Duparc.

*La scène se passe à Paris, dans l'hôtel de
M. Germeau.*

LES
AVEUX SINGULIERS,
OU
LE MARIAGE NUL.

SCÈNE PREMIÈRE.

Au lever du rideau l'on aperçoit du côté droit de la scène Germeau assis près de la cheminée, à moitié endormi ; du côté gauche, en face de lui, on voit sa femme assise sur un sofa, lisant. Germeau se reveille tout à coup, se frotte les yeux, étend les bras, bâille ; sa femme le regarde, hausse les epaules, sans rien dire.

GERMEAU, Mad. GERMEAU.

GERMEAU (*d'un air ennuyé*) *à sa femme.*

Que lisez-vous là ?

Mad. GERMEAU, (*ironiquement.*)

Un ouvrage bien intéressant, (*le lui montrant*) tenez....

GERMEAU (*sans se déranger.*)

Quel est son titre ?

Mad. GERMEAU (*se levant*)

Le bonheur de l'amour conjugal.

GERMEAU.

Il doit l'être....; je conçois....; surtout pour nous....; j'en conviens....; la sotte chose que le mariage!

Mad. GERMEAU.

Dites plutôt la sotte chose qu'un mari.

GERMEAU.

Ou qu'une femme pour son mari.

Mad. GERMEAU, (*à part.*)
Voilà le bonheur de l'amour conjugal.

GERMEAU.

Avouez que le mariage ne convient qu'aux gens de la dernière classe du peuple....; chacun des deux époux travaille pour vivre; le mari ne voit sa femme qu'aux heures du dîner et du coucher, et la quitte de grand matin sans s'être seulement aperçu de sa présence. Ces gens là peuvent se marier, pour passer leur vie dans un paisible dé-sespoir....! mais des gens comme nous, riches, sans soucis....; quel bonheur plus grand pour eux que celui de la liberté, de l'indépendance....; hélas....!

Mad. GERMEAU.

Pourquoi m'avez-vous épousée? j'étois heureuse, et aujourd'hui je ne le suis que quand je ne vous vois pas; car ce que vous avez d'aimable, c'est l'absence.

GERMEAU (*en colère.*)

C'est toujours quelque chose! ce que j'ai aussi d'estimable, c'est la franchise; et je m'en sers pour vous répéter que nous ne pouvons plus vivre ensemble. Votre caractère, vos manières, votre coquetterie me rendent trop pesant le nœud qui nous chagrine....; j'ai peine à concevoir quel aveuglement m'entraîna vers vous, et quel mauvais génie m'inspira l'idée de vous épouser....; être en querelle du matin au soir avec sa femme....!

Mad. GERMEAU.

Un moment, Monsieur; comment, je me querelle avec vous! vous me faites rire malgré moi....; je ne vous vois presque jamais ....; vous sortez dès le point du jour....; vous rentrez au plutôt à minuit....; reveillée seulement par le bruit que vous faites en rentrant....; et vous voulez vous plaindre de moi, de mes querelles....; plaisanterie...! dans toute ma société on me croit veuve, me voyant toujours seule, abandonnée à moi même...; avec toute autre femme que moi, vous courriez grand danger; vous comptez trop sur ma vertu.

GERMEAU (*riant.*)

Sa vertu!....

Mad. GERMEAU.

Au surplus, je ne dois pas m'en plaindre. Vous savez qu'une femme telle que moi se respecte assez pour ne jamais perdre de vue ce qu'elle se doit à elle-même et à son mari.

GERMEAU.

Vraiment, à vous entendre ainsi parler, on dirait que vous êtes un ange, que je suis le mari le plus détestable de la terre, que vous n'avez jamais aimé que moi..... Vous oubliez sans doute votre monsieur Duparc, qui prétendait à votre main avant que je me fusse mis sur les rangs. Ne m'avez-vous pas dit maintes et maintes fois que vous l'aviez aimé dès votre enfance ? (*riant.*) Un homme de cinquante ans !.... Passion touchante !....

Mad. GERMEAU (*en colère.*)

Malgré ses cinquante ans, il eût fait mon bonheur !.... Préféré par moi, il eût reconnu mes bontés !

GERMEAU (*toujours riant.*)

Ses bontés !....

Mad. GERMEAU (*avec dépit.*)

Riez, Monsieur, riez à votre aise..... Pauvres femmes !.... Tel est cependant notre sort !.... Que nous sommes à plaindre !.... Qui dirait, à nous voir, à nous entendre, que telles sont les suites d'un mariage d'inclination ; que j'ai refusé les plus brillans partis pour un homme qui se conduit ainsi avec moi ; que je l'ai suivi en pays étranger pour l'épouser sans le consentement de mon père, le meilleur des pères !

GERMEAU.

Et moi, Madame, vous n'ignorez pas que cette vieille comtesse qui avait soixante-dix ans (quel bel âge pour une femme riche qu'on épouse !) et cinquante mille livres de rente, dont elle devait me faire donation par contrat, voulait m'épouser à toute force... Et j'ai eu la sottise de la refuser !... Pour qui ?... pour vous.... Dieu ! où avais-je la tête alors ?... Quelle faute ! Aujourd'hui j'aurais déjà le bonheur d'être veuf, et je serais maître absolu de sa fortune.... Regrets superflus !... Elle est morte l'année dernière.... Tandis que votre père, qui est aussi original, aussi entêté que le reste de sa famille.... irrité de ce que vous m'avez suivi en Angleterre.... je vous le demande (il y avait bien de quoi)... non-seulement ne vous a point donné de dot depuis cinq ans que nous sommes mariés, mais encore il veut vous déshériter. De retour depuis deux ans, vous espériez qu'il avait tout oublié.... Moi-même je comptais recevoir cent mille écus qu'il devait vous donner en mariage comme à sa fille unique... Ah ! bien oui ; il ne veut pas seulement nous voir... Avouez que voilà une charmante situation pour un mari que vous ruinez par votre luxe... Dans cinq ou six ans, nous n'aurons plus rien ; et, pour seule consolation, il me restera une femme accoutumée à une grande dépense, qui ne sait faire qu'un peu de musique, un peu de broderie... dans dix ans, en état de broder

une robe....., un peu de danse, et qui, du reste,
n'entend rien au ménage.

Mad. GERMEAU.

Je n'entends rien au ménage !... Est-ce ma
faute?... Je n'ai point été élevée, Monsieur, pour
être la servante d'un mari... Je n'ai qu'un reproche
à me faire, celui d'avoir suivi un jeune écervelé de
vingt-deux ans, n'en ayant moi-même que dix-
sept.

GERMEAU.

Vraiment ! j'en suis plus affligé que vous. Aujourd'hui encore, dans le Marais, où l'on me croit
garçon, je trouve une femme charmante, de dix-
huit ans, qui est folle de moi ; oui, Madame,
folle de moi, avec une fortune immense... orpheline... Que ne suis-je libre !...

Mad. GERMEAU.

Il est fort heureux pour elle que vous ne le
soyez pas ; elle aurait à souffrir ce que j'ai souffert moi-même. L'infortunée ! elle est sauvée à
mes dépens ; mes malheurs épargnent les siens.

GERMEAU.

Une femme si jolie, si riche, qui m'aime,
et qui m'a promis de n'avoir d'autre mari que
moi !

Mad. GERMEAU.

Vantez-vous de votre conquête ! On vous croit
garçon, et l'on veut vous épouser ! Et moi,

Monsieur, c'est me sachant mariée avec vous que
l'on me demande en mariage. .

GERMEAU.

Vous avez raison, cela est plus piquant.

Mad. GERMEAU.

On m'écrit une lettre en forme pour me demander ma main.... Mais la lettre la plus touchante,
la plus respectueuse !

GERMEAU.

Et vous consentez, sans doute ? A quand la
noce ?...

Mad. GERMEAU.

Ne raillez point.

GERMEAU.

Moi, railler !

Mad. GERMEAU.

Rien n'est plus vrai qu'un de nos amis communs....

GERMEAU.

Ce sont toujours des amis communs... Et où
est-il, ce cher ami, que je le remercie ?

Mad. GERMEAU.

Pas si loin que vous ne pensez.

GERMEAU.

Plût au ciel que ce conte fût véritable !

2 *

Mad. GERMEAU.

Ce conte ! Quand j'ai la preuve en màin. *(Elle tire une lettre de sa poche.)*

GERMEAU.

Cette preuve-là serait curieuse à voir.

Mad. GERMEAU.

La voilà pour vous confondre ! *(Elle lui donne la lettre.)*

GERMEAU.

Ah ! c'est de votre ancien. *(Il lit.)* « Madame,
» vous n'ignorez pas que, dès votre enfance, votre
» père avait le projet de nous unir; M. Ger-
» meau, plus heureux que moi, fut préféré ;
» mais, trop jeune pour apprécier les qualités
» qui vous distinguent, il n'a point su profiter
» de son bonheur; il vous néglige : on dit
» même qu'il cherche tous les moyens de rompre
» le lien qui l'attache à vous. Si vous étiez du
» même avis, je dois vous prévenir qu'il me serait
» possible de seconder vos projets. L'amitié que je
» lui porte, le tendre attachement que j'ai con-
» servé pour vous, tout m'y engage ; mais ce n'est
» qu'à une condition que je me chargerai de cette
» affaire difficile ; je veux être assuré d'avance
» d'obtenir votre main quand vous serez libre. »
(Avec enthousiasme.)
C'est charmant ! J'espère, Madame, que vous ne le refuserez pas. C'est un bel homme, riche,

aimable , aimant bourgeoisement... D'ailleurs,
l'Amour est aveugle; vous m'avez fait son éloge
tout-à-l'heure... Pour le coup ! celui - là serait
aux petits soins... Je vous assure que vous êtes la
femme qu'il lui faut.

Mad. GERMEAU.

C'est possible ; mais continuez.

GERMEAU (*continuant de lire.*)

Si votre époux consent , » (*vivement et à part.*)
Parbleu ! je le crois bien , (*haut.*) « dans moins
» de deux jours, j'espère que vous serez libre. »
Avouez , Madame, qu'il est charmant ? je vous le
demande ; mais dites-moi franchement , l'aimez-
vous toujours ? et je vous marierai ensemble.

Mad. GERMEAU (*riant.*)

Oui, mon ami , je l'aime toujours. Aujourd'hui
que je sais ce qu'il en coûte en épousant un étourdi
comme vous , certes , je n'hésiterai point à le
choisir.

GERMEAU (*à part.*)

Ma femme l'aime! je suis sauvé !

Mad. GERMEAU.

Il n'y a qu'une chose qui me déplaît dans ces
projets-là...

GERMEAU (*inquiet.*)

Grand Dieu ! Et laquelle ? dites.

Mad. GERMEAU.

C'est mon titre de baronne que je perdrai en épousant M. Duparc, qui n'est que chevalier, et vous sentez bien....

GERMEAU.

Si ce n'est que cela, ne vous inquiétez pas ; avec de la fortune, l'on achète tous les titres du monde.... D'ailleurs n'avons-nous pas vu des princesses devenir comtesses, et du jour au lendemain.... des comtesses devenir baronnes, et des baronnes épouser des négocians non titrés ; au moins vous serez encore madame la chevalière.... Allez, croyez-moi, le meilleur titre, du moins celui qui sonne le mieux, ce sont les écus que l'on a dans sa poche.

Mad. GERMEAU.

Puisqu'il est ainsi, je prendrai mon parti ; mais achève....

GERMEAU.

« Un mot de réponse, et de suite je me ren-
» drai chez vous, accompagné de Monsieur votre
» père, qui vous pardonne votre désobéissance à
» cette condition. » (*Il saute au cou de sa femme.*)

Ah ! je n'y tiens pas ; il faut que je t'embrasse.

Mad. GERMEAU.

Ta tendresse me fait rire.

GERMEAU (*vivement.*)

Vite, il faut répondre à cette lettre. (*Appelant.*)
Fleury !

<center>~~~~~~~~~~~~~~~~~~~~~~~~~~~~~~~~~~~~~~</center>

SCÈNE DEUXIÈME.

LES MÊMES, FLEURY.

FLEURY.

Monsieur !

GERMEAU.

Avance cette table. Une plume, du papier, de
l'encre, dépêche-toi. (*A son épouse.*) Approche,
écris, je vais te dicter.

FLEURY (*à part, regardant ses maîtres.*)

Quel changement ! Comme ils ont l'air heureux !

GERMEAU (*dictant.*)

« Monsieur, mon mari est enchanté de vos
» projets.

Mad. GERMEAU (*écrivant.*)

(*A part.*) C'est très-flatteur pour moi.

GERMEAU (*continuant.*)

» Venez au plus tôt, nous vous attendons avec
» impatience.

Mad. GERMEAU (*l'interrompant.*)

Mon ami, *nous vous attendons;* dites plutôt : *mon
époux vous attend.*

GERMEAU (*à part.*)

Voilà bien les femmes ! toujours plus fines que
nous ! (*Haut.*) Allons, va pour « mon mari vous
» attend avec une vive impatience pour se con-
» certer avec vous. Venez de suite, si cela vous
» est possible.

» J'ai l'honneur de vous saluer. »

(*Madame Germeau finit la lettre; son mari la cachète.*)

GERMEAU.

A présent, mettez l'adresse. (*Il lui rend la lettre;
elle écrit :*)

« A M. le chevalier Duparc. » (*Appelant.*)
Fleury ! Fleury ! (*Lui donnant la lettre.*) Va, porte
cette lettre en toute hâte à son adresse. Surtout
dépêche-toi.

FLEURY.

Monsieur.... il est ici.

GERMEAU.

Comment !

FLEURY.

Monsieur Duparc se promène au jardin , et demande à vous parler.

GERMEAU (*vivement.*)

Dieu en soit loué ! Que je suis heureux de le voir sitôt ! Va ; dis-lui de monter à l'instant.

(*Fleury sort.*)

SCÈNE TROISIÈME.

LES PRÉCÉDENS , (*excepté Fleury.*)

Mad. GERMEAU (*d'un air grave.*)

Vous me permettrez, Monsieur, de me retirer un instant dans mon appartement. Je ne puis rester à votre première entrevue avec mon futur époux.

GERMEAU (*enchanté.*)

Sois tranquille , ma chère amie , tu n'y perdras rien.

Madame Germeau veut se retirer , mais revient sur ses pas , et lui dit d'un air imposant :)

Mad. GERMEAU.

J'espère que je n'ai point besoin de vous recommander de peser vos paroles dans cette circonstance. Songez bien que si vous me trouvez des défauts, vous pouvez le faire changer de résolution.

GERMEAU

Des défauts! Oh! bien oui! Y songes-tu? Tu me connais bien peu. Je lui dirai, au contraire, qu'il n'y a pas de femme plus accomplie que toi dans le monde entier. Enfin, je te trouverai autant de qualités qu'on en trouve aux filles à marier.... : elles sont toutes parfaites.... ; mais, de ton côté, j'ose espérer aussi que tu lui tiendras le même langage, s'il te parle de moi, et que....

Mad. GERMRAU.

Reposez-vous sur ma discrétion. Je dirai que vous êtes aimable, prévenant, complaisant ; enfin, je vous trouverai autant de qualités que l'on en trouve dans les hommes à marier : ils sont tous parfaits.

GERMEAU (*enchanté.*)

C'est charmant! Il faut que je t'embrasse.

(*Madame Germeau rit aux éclats.*)

Va, fais un peu de toilette. Ce chapeau te va mal. Tâche de lui plaire, je t'en supplie, ma chère amie.

(*Elle sort en riant.*)

SCÈNE QUATRIÈME.

GERMEAU (*seul.*)

Elle a vraiment des qualités , ma femme. Je ne l'aurais jamais crue capable de se prêter si bien à mes projets.... Mais quel peut être le moyen de ce monsieur Duparc pour rompre notre mariage ? Il n'y a plus de divorce?...Peut-être qu'aveuglé par son amour pour ma femme, il se flatte lui-même d'une espérance chimérique. Cependant sa lettre est positive... Attendons... Laissons-le venir.

SCÈNE CINQUIÈME.

GERMEAU, FLEURY (*entrant à la hâte.*)

FLEURY (*à part.*)

Mon maître est seul. (*hors d'haleine.*) Monsieur ! Monsieur ! c'est lui.... c'est lui-même.... M. Du- parc.

GERMEAU (*étonné.*)

Eh bien ! je le sais ; je ne te comprends pas.... (*A part.*) Saurait-il nos projets ? ou peut - être m'a-t-il caché des choses entre Duparc et ma femme qu'il vaut mieux que j'ignore. (*Haut, d'un air fâché.*) Allons , explique-toi ; que veux-tu dire ?

FLEURY.

Monsieur, c'est le tuteur de la jeune beauté du Marais.

GERMEAU.

De Julie ? Comment le sais-tu ?

FLEURY.

Quand vous m'avez envoyé avant-hier dans la pension de Julie, pour lui porter une lettre, il était avec elle..... Il l'embrassait..... J'entendais qu'il l'appelait *ma bonne amie....* Il l'épousera, j'en suis sûr.... C'est un tuteur du jour, aussi intéressé que riche.

GERMEAU *(parcourant la salle.)*

Par exemple, cela serait un peu trop fort ! Comment, monsieur Duparc, vous voulez épouser ma femme et m'enlever ma maîtresse ?.... Mais que dis-je? Usons d'adresse. Je suis aimé de Julie.... Dieu ! quelle idée lumineuse ! (*Il presse les mains de Fleury.*) Mon cher Fleury, que ne te dois-je point pour ce que tu viens de m'apprendre ! Tiens, voilà ma bourse (*lui donnant sa bourse,*) Tu l'as dix fois gagnée.

FLEURY *(étonné, à part.)*

Enlever sa maîtresse ! épouser sa femme ! (*attendri.*) O mon Dieu ! mon Dieu ! mon pauvre maître perd la tête assurément ;.... car le diable m'emporte si je comprends quelque chose à tout ceci.

GERMEAU (*vivement.*)

Mais, j'entends marcher; c'est lui.... Retire-toi.

(*Fleury se retire.*)

SCÈNE SIXIÈME

GERMEAU, DUPARC (*entrant.*)

(*Ils se saluent.*)

DUPARC (*d'un air grave.*)

Vous savez, monsieur, le motif qui me procure l'honneur de vous voir.

GERMEAU (*riant aux éclats.*)

Oui! Monsieur, je sais tout. Entre gens comme nous point de détours.

DUPARC.

Monsieur, je n'en eus jamais, et dans cette circonstance je vous dirai franchement....;

GERMEAU.

Que vous venez pour épouser ma femme.

DUPARC.

Oui! Monsieur. Voilà le seul motif qui fait que je vous dérange peut-être.

GERMEAU.

Point du tout, Monsieur; il est important, il

est même indispensable, qu'un mari se concerte avec un homme qui a des vues semblables....; mais dites-moi franchement, vous l'aimez donc beaucoup ?

DUPARC

J'en suis fou.

GERMEAU *(à part.)*

Bonne folie! que de maris voudraient comme moi trouver un bon épouseur pour leurs femmes. Ils ne balanceraient pas plus que moi à la céder. *(Haut)* Allons! voyons, que faut-il que je fasse? dites, pour vous faire arriver au gré de vos désirs au plus vite, sans perdre de temps; je vous en prie.

DUPARC *(inquiet), à part.*

Diable! comme il a l'air empressé....; cela m'inquiète. Aurait-elle en effet quelques défauts que son mari doit seul connaître....,.. éclaircissons la chose.......; *(haut avec bonhommie.)* Monsieur, vous êtes un galant homme ; je vous ai toujours connu pour tel ; de grace! dites moi en confidence : pour quelle raison êtes-vous si empressé à vous défaire de votre femme? cependant on vante ses mœurs, son caractère, enfin on la trouve accomplie; il n'y a que vous.... c'est naturel.... son mari.... Moi-même je la connais depuis son enfance, et sans vous, Monsieur, dont l'âge, l'amabilité..... certes, elle n'aurait jamais eu d'autre mari que moi........ vous me l'avez enlevée, et aujourd'hui.... (*à part*) Ce que c'est que les hommes!

GERMEAU.

Monsieur, je vous le jure, vous ne vous trompez pas sur son compte. Ma femme est parfaite, économe, aimant la solitude, la campagne, sachant parfaitement gouverner une maison, (*A part.*) Mensonges officieux; elle n'y entend rien; mais....

DUPARC

Avec toutes ces qualités que vous lui reconnaissez, vous pourriez consentir à la quitter?

GERMEAU (*feignant de soupirer.*)

Une inclination malheureuse!

DUPARC.

C'est différent....; quoi! Monsieur, elle aime un autre que vous? ce que c'est que le caprice des femmes.... (*A part.*) Jolie confidence de la part d'un mari!

GERMEAU (*vivement.*)

Pardon, Monsieur! nous ne nous entendons pas; c'est moi dont je parlais, moi qui m'accuse d'une inconstance involontaire; car pour ma femme, je n'ai jamais eu à m'en plaindre. Je vous le jure, elle a des mœurs.

DUPARC.

Je respire! eh bien! Monsieur, pour vous faire plaisir à tous deux, il n'est rien que je ne fasse. Je vous désunirai même, s'il le faut.

GERMEAU (*l'interrompant.*)

Cela se voit souvent dans le monde. Des amis comme vous sont communs.

DUPARC.

Oui ! Monsieur, que ne fait-on pas pour obliger ! Si vous acquiescez aux demandes que j'ai à vous faire, j'espère que malgré les obstacles, nous viendrons à bout de nos projets.

GERMEAU.

Voyons, expliquez-vous. Vous ne vous plaindrez pas non plus de mon défaut de zèle ou de bonne volonté.

DUPARC.

Dans ce cas, écoutez ! j'ai deux choses essentielles à vous demander, sans quoi je ne puis rien faire :

1°. Votre consentement par écrit, et celui de votre femme, pour mon mariage avec elle; car vous sentez que chacun a son intérêt personnel....; on n'aime point à mettre le doigt entre l'arbre et l'écorce, pour le seul plaisir de désunir deux jeunes époux, et vous sentez que si je fais tant que de vous démarier, je veux lui donner un mari, qui, certes ne vous vaudra pas ni pour l'âge ni pour l'extérieur, mais enfin ;.....

GERMEAU.

Soyez sûr de son consentement et du mien.

DUPARC.

J'y compte et quand je vous fais cette demande,
vous sentez que j'ai mes raisons. Une affaire sem-
blable ne se traite point sans quelque mise de
fonds. Il me faudra peut-être vingt à trente mille
francs, et les dépenser sans cette certitude serait
une folie.

GERMEAU (*étonné.*)

Comment! il en coûte autant pour se démarier!

DUPARC.

Oui! Monsieur, pour le moins. Oubliez-vous
les avocats, les avoués, les huissiers. Songez que
vous avez dix juges?.... Je vois bien que vous n'êtes
pas au courant des affaires. C'est naturel.... un colonel....

GERMEAU.

Non, Monsieur; mais cependant j'ai pensé que
quelques pièces de vin et de gibier suffiraient.

DUPARC.

Non pas, Monsieur, parbleu non! L'affaire est
trop grave pour offrir des choses semblables. Il
faut du plus solide; mais que cela ne vous inquiète point. J'en ferai l'avance, et si nos projets
manquent, je supporterai seul la perte.

GERMEAU,

C'est charmant! Comment reconnaître....

DUPAPC.

Ecoutez-moi : avant tout, nous voilà d'accord

sur le premier point; mais il nous en reste encore un aussi essentiel.

GERMEAU.

Dites ?

DUPARC (*tirant une feuille de papier de son porte-feuille.*

Je veux votre signature en blanc sur cette feuille de papier.

GERMEAU (*surpris*)

Ma signature en blanc....

DUPARC (*gravement.*)

Vous savez, Monsieur, du moins je me plais à le croire, qu'un homme tel que moi est incapable d'abuser d'un pareil moyen pour.... (*levant les épaules*) Oh Dieu !

GERMEAU.

Je n'en doute point, monsieur, mais avec tout autre, vous m'avouerez que l'on courrait grand risque.... (*à part.*) Bon ! profitons de la ruse.

DUPARC.

J'en conviens; mais voulez-vous que je vous dise avant tout l'usage que j'en veux faire.... Je ne demande pas mieux.

GERMEAU.

Eh bien! je serais curieux....

DUPARC.

Cette feuille, que vous allez signer, servira à vous démarier.

GERMEAU (*arrachant la feuille de papier des mains de Duparc.*)

A me démarier! Donnez vite que je signe.

DUPARC (*à part.*)

Allons, ça va bien.

GERMEAU.

(*Il signe la feuille ; mais après l'avoir signée, il prend une feuille de papier blanc qu'il présente à Duparc.*)

Je fais réflexion, Monsieur, qu'à mon tour j'aurai peut-être besoin de votre signature en blanc sur cette feuille ; veuillez, Monsieur, me la confier.

DUPARC (*étonné.*)

De ma signature !

GERMEAU (*du même ton que Duparc.*)

Vous savez, Monsieur, du moins je me plais à le croire, qu'un homme comme moi est incapable d'abuser...

DUPARC (*intrigué.*)

Je ne demande pas mieux, si vous voulez agir avec la même franchise que moi, et me dire l'usage que vous voulez en faire.

GERMEAU.

Volontiers ; écoutez. Quand vous serez le mari de ma femme, en supposant que nos projets réussissent, il peut, que sait-on, me prendre fan-

taisie d'épouser quelque femme de votre famille ,
qui est très-nombreuse ; il serait trop juste, dans
ce cas-là, que j'aie au moins votre consentement
d'avance, en cas de besoin. Voilà à quel usage je
destine ce papier.

DUPARC (intrigué et part.)

Diable ! ma foi ! qu'est-ce que je risque ? Je n'ai
point de parentes à marier, si ce n'est la fille de
ma sœur, orpheline, dont je suis le tuteur, mais
qui n'est point connue dans le monde, ayant toujours resté en pension au Marais, d'où elle ne sor-
tira que lorsque j'aurai trouvé un parti convenable sous tous les rapports.... Et certes.... D'ailleurs personne ne la connaît ; je ne risque rien de
donner ma signature. (Haut.) Eh bien ! Monsieur, toute réflexion faite, je ne demande pas
mieux : donnez, que je signe. (Il signe la feuille
et la lui remet.)

GERMEAU (lui remettant l'autre papier signé de lui.)
(A part, vivement.

Voilà ce qui m'inquiétait le plus. (Haut.) Main-
tenant, puisque nous sommes en confidence, de
grace, répondez à une question : Vous vous char-
gez d'épouser ma femme, c'est fort bien. Quel est
le moyen que vous comptez employer pour nous
démarier ; car, franchement, je n'en vois point
dans le temps où nous sommes ?.... Répondez, je
vous en supplie, car cela m'intrigue au dernier
point.

DUPARC.

Ah ! Monsieur, cela vous intrigue. Parbleu ! je le crois bien. Vous n'êtes pas le seul dans ce cas-là, j'en suis sûr ; car c'est là le secret de la comédie, que vous ne connaîtrez que quand il en sera temps.

GERMEAU.

Ah ! c'est là le secret de la comédie ?.... Je devine....

DUPARC.

Tant mieux , Monsieur, si vous le devinez ; je n'ai plus rien à vous dire. Au reste, cela ne m'étonne point, je sais que vous avez l'esprit pénétrant.

GERMEAU.

Je n'ai qu'une observation à vous faire à cet égard.... bien importante.

DUPARC.

Et laquelle !

GERMEAU.

Au lieu de dire que c'est là le secret de la comédie , dites que c'est le vôtre ; car j'ai aussi le mien, qui vous étonnera autant au moins quand vous le connaîtrez ; et je parie bien que vous avez beau vous creuser la tête, vous ne le devinerez point.... Mais attendons, nous verrons qui rira le dernier.

DUPARC.

Voyons, Monsieur, qui de nous deux rira le dernier, je ne demande pas mieux. Si c'est vous, je vous rendrai les armes, et vous paierez un déjeuner à quarante francs par tête. Si c'est moi, acceptez-vous la même revanche ?

GERMEAU.

Parbleu ! comptez-y. Pour gage, je vous embrasse ; car vous êtes un homme admirable.

(*Tous deux s'embrassent.*)

DUPARC.

Comment, Monsieur, de tout mon cœur !

SCÈNE SEPTIÈME.

LES PRÉCÉDENS, Mad. GERMEAU (*entrant en ce moment, et en voyant son mari dans les bras de Duparc.*)

Mad. GERMEAU.

Que vois-je ! Mon mari dans les bras de mon futur !

DUPARC (*gravement.*)

Serais-je assez heureux, Madame, pour obtenir aussi votre consentement ?

Mad. GERMEAU.

Monsieur, je ferai tout ce que mon mari voudra.

DUPARC.

Puisque nous sommes tous d'accord, je vais

rejoindre Monsieur votre père , qui m'attend près d'ici , afin de terminer ce qui nous intéresse avec toute l'activité possible ; et, si vous m'en donnez la permission , je l'amenerai chez vous.

Mad. GERMEAU (*inquiète.*)

Qu'entends-je ! Vous croyez que mon père con-sentira ?

DUPARC.

Je vous en réponds ; il viendra , et nous dîne-rons tous en famille.

GERMEAU (*riant.*)

C'est cela , M. Duparc, tous en famille.
(*Duparc embrasse madame Germeau avant de sortir.*)

SCÈNE HUITIÈME.

M. et Madame GERMEAU.

GERMEAU.

Tu ne sais pas , ma chère amie, jusqu'à quel point je dois être enchanté ?

Mad. GERMEAU.

Et quel bonheur imprévu ?....

GERMEAU.

Croirais-tu que cette jeune personne que j'a-dore , et dont je t'ai parlé ce matin....

Mad. GERMEAU.

Eh bien !

GERMEAU,

Eh bien ! C'est sa pupille?

Mad. GERMEAU.

La pupille de M. Duparc ? Il faut l'épouser,
mon cher ami.

GERMEAU.

Parbleu ! c'est aussi ce que je veux faire ; mais,
ma femme, j'ai une grace à te demander.

Mad. GERMEAU (*étonnée.*)

Une grace à me demander ! à moi ?

GERMEAU (*vivement, se jetant à ses genoux.*)

Oui, ma chère amie ; songe bien que c'est la
dernière, et promets-moi de ne pas me la refuser,
je t'en supplie.

Mad. GERMEAU (*riant.*)

Grand Dieu ! mon mari à mes genoux ! C'est
la première fois depuis cinq ans. Relève-toi ; car
si M. Duparc venait, que dirait-il ? On nous
croirait les meilleurs amis du monde. (*Il se re-
lève.*) Explique-toi. Si je le puis, si, sans me
compromettre....

GERMEAU.

Te compromettre, non ; mais il nous faut un
coup de tête ; c'est le dernier service que j'exige
de toi.

Mad. GERMEAU.

Toujours des coups de tête ! notre mariage ne
en a point guéri !

ERMEAU.

Tu connais madame Dumont, la maîtresse de pension de ma chère Julie; il faut lui écrire au nom de ton futur, l'inviter à venir diner chez nous, en amenant Julie; elle ignore notre mariage.

Mad. GERMEAU (*surprise.*)

Moi! Je ne la connais point assez particulière-ment pour oser....

GERMEAU (*à part.*)

Maudite femme! je la reconnais bien là. (*Haut.*) Comment? quand tu écris au nom de ton futur; y songes-tu, ma chère?

Mad. GERMEAU.

Allons, puisqu'il le faut pour te faire plaisir, j'y consens.

(*Elle s'assied à la table, et écrit.*)

GERMEAU (*appelant.*)

Fleury! Fleury! vite, arrive!
(*Fleury entre.*)

SCÈNE NEUVIÈME.

LES PRÉCÉDENS, FLEURY.

FLEURY.

Me voilà, Monsieur! me voilà!

GERMEAU (*vivement.*)

Qu'on mette les chevaux à la voiture, et de suite.

FLEURY.

Monsieur, ils y sont encore depuis tantôt.

GERMEAU (*enchanté.*)

Tant mieux. Tu vas te faire conduire au galop chez madame Dumont, lui remettre la lettre de ma femme. (*A part, à Fleury.*) Ecoute bien : tu lui diras, si elle fait des façons pour se rendre chez nous (d'un air consterné) que M. Duparc se meurt; qu'il vient d'être attaqué chez moi d'un coup d'apoplexie; qu'il veut la voir encore une fois, ainsi que sa nièce, avant de mourir. (*A part, à lui-même.*) Voilà le plus sûr moyen pour les faire arriver à la hâte.

FLEURY (*à part, à Germeau*)

Comptez sur mon intelligence.

(*Germeau prend la lettre des mains de sa femme et la remet à Fleury.*)

GERMEAU.

Va, dépêche-toi.

FLEURY (*à part.*)

Que j'entende encore dire dans le quartier que mes maîtres font mauvais ménage, qu'ils se querellent toujours, comme je vais relever les médisans ! (*Contemplant ses maîtres.*) Comme ils ont

l'air heureux ! J'envie leur bonheur. On a bien
raison de dire que les époux sont comme le temps.
Dans un ménage, tantôt il pleut , tantôt même il
tonne, tantôt il fait le plus beau temps du monde.

(Il sort.)

Mad. GERMEAU.

Voilà, grace à vous, Monsieur, quatre personnes
pour dîner que nous n'attendions pas ; permettez
que j'aille donner les ordres pour les recevoir.

GERMEAU.

C'est bien ; mais avant de nous quitter, encore
un mot, une promesse solennelle....

Mad. GERMEAU.

Une promesse solennelle !

GERMEAU.

Ecoute : J'ai beaucoup de confiance dans la parole de M. Duparc, (à part) encore plus dans son
écrit ; (haut) mais on ne sait pas ce qui peut arriver, il faut me promettre que tu ne l'épouse-
ras qu'autant qu'il me donnera sa pupille en mariage.

Mad. GERMEAU (riant.)

Comment, Monsieur , voilà la première fois depuis que je vous connais que je vous vois douter
de votre mérite (ironiquement.) Vous pouvez
croire qu'on vous refuse ! Allons donc, Monsieur,
vous vous oubliez. A la bonne heure, moi : sans

l'indulgence de M. Duparc , peut-être serai-je embarrassée ; mais vous !

GERMEAU (*d'un air sérieux.*)

Plaisanterie à part , donne-moi cette parole , sans quoi j'aime autant te garder.

Mad. GERMEAU.

Me garder ! eh bien , Monsieur, vous êtes si persuasif que je ne résiste pas. La parole que vous me demandez, je vous la donne.

GERMEAU.

C'est à merveille. A présent, Madame, allez donner vos ordres ; quant à moi , je vais de mon côté faire une toilette élégante afin de recevoir ma chère Julie ; car tu sens bien que je dois chercher à plaire plus que jamais.

SCÈNE DIXIÈME.

GERMEAU (*seul parcourant la salle.*

Allons , jusqu'ici tout va bien. Ah ! ah ! M. Duparc vous voulez ma signature en blanc ; ne vous inquiétez pas , je vais profiter de la vôtre : au moins si vous devenez le mari de ma femme , j'aurai ma revanche. (*On entend du bruit.*) Ciel ! je les entends déjà... Espérons un heureux succè...

Retirons-nous pour un instant, afin qu'ils puissent se concerter ensemble.

(*Il se retire par une porte de côté.*)

SCÈNE ONZIÈME.

M. DUPARC et GERMEUIL.

GERMEUIL (*d'un air affligé.*)

Mon ami, quelle démarche tu me fais faire ? J'avais juré que jamais je ne reverrais ni ma fille ni son ravisseur.

DUPARC.

Allons donc, mon ami, point de pathétique, je t'en prie; moi je veux rire, entends tu ? je veux rire. D'ailleurs c'est une chose faite. Nous trouvons un moyen d'en sortir d'une manière honorable. Voilà, j'espère, tout ce que tu peux désirer. Je te le répète, ta fille m'épouse, et comme j'ai vingt ans de plus qu'elle, je lui donne par contrat toute ma fortune, et nous finirons nos jours tous trois ensemble : là, en famille nous serons heureux Allons ! réponds-moi, ce projet te convient-il ?

GERMEUIL.

Tu sais que je n'eus jamais d'autre désir.

DUPARC.

Eh bien ! prenons la chose gaiement, et surtout point de reproches de part et d'autre, point de

grands sentimens, tu sais que je ne les aime pas ,
point de pleurs, encore une fois, je veux rire,
entends-tu; d'ailleurs s'il y en a un qui ait droit
a se plaindre, j'espère que tu ne disconviendras pas
que c'est moi. . : Germeau m'a enlevé ma femme;
il me la rend; je suis content : nous sommes les
meilleurs amis.... ; cela se voit tous les jours dans
le monde, et que diable veux-tu de plus? j'espère.....

GERMEUIL.

Allons ! puisque tu le veux ainsi, pour te plaire
il n'est rien que je ne fasse.... ; je saurai cacher
mes chagrins.

DUPARC

C'est justement ce que je ne veux pas: je veux
que tu sois content de cœur; que tu éclates de joie
en voyant ta fille; que tu serres la main à Germeau,
et qu'il soit de la noce de sa femme.

(*Tous deux rient aux éclats.*)

Voilà ce que j'exige , et sans cela je me retire
chez moi , et tous nos projets seront au diable ;
d'ailleurs , crois-moi , Germeau a bon cœur ; et
je t'assure que s'il se mariait , aujourd'hui qu'il
est raisonnable , il rendrait une femme heureuse.

GERMEUIL (*haussant les épaules.*)

Pour cela , mon ami , je n'en crois rien.

DUPARC.

Eh bien ! tu te trompes; mais j'entends ta fille....

SCÈNE DOUZIÈME.

LES PRÉCÉDENS , MAD. GERMEAU.

Mad. GERMEAU (*se jetant à genoux devant son père*).

Mon père....

DUPARC (*la relevant vivement.*)

Allons donc, madame ; qu'est-ce que vous faites? jetez-vous dans ses bras et non à ses pieds : tout est oublié.

Mad. GERMEAU (*enchantée.*)

Qu'entends-je !

GERMEUIL.

Oui , ma fille, grace aux intentions de Monsieur , viens que je te presse sur mon cœur.

Mad. GERMEAU (*attendrie.*)

Quoi! Monsieur , c'est à vous que je dois cet heureux changement... Comment reconnaître...

DUPARC.

En tenant votre parole de m'épouser.

Mad. GERMEAU.

Ah ! si cela est possible pour complaire à mon père...

DUPARC.

Tant mieux : alors l'affaire est faite. Votre mariage est rompu avec Germeau... Mais le voilà.

SCÈNE TREIZIÈME.

LES PRÉCÉDENS, GERMEAU.

GERMEAU (*affectant d'être consterné, veut se jeter aux genoux de son beau-père.*)

Monsieur....

DUPARC (*le relevant brusquement.*)

Monsieur.... Encore une fois, qu'est-ce que cela signifie ? Je suis venu pour rire et non pour pleurer. Je vous le répète, je veux rire ; jetez-vous dans ses bras ; tout est fini.... j'épouse votre femme.

GERMEAU.

Serait-il possible ?

DUPARC.

Oui, Monsieur, très-possible ; car votre mariage est nul.

GERMEAU (*à Germeuil.*)

Daignez m'expliquer....

GERMEUIL (*d'un air grave.*)

Monsieur, vous avez épousé ma fille en pays étranger, sans mon consentement ; vous me l'avez ravie. La puissance paternelle, protégée en France par la loi, m'a donné les moyens de rompre un lien mal assorti. Depuis cinq ans j'ai hésité à l'employer, comptant vous voir heureux ; mais

aujourd'hui, intimement convaincu que vous ne
l'êtes ni l'un ni l'autre, j'en ai profité pour vous
désunir; car il vaut mieux se séparer entièrement
que d'affliger la société par un triste exemple....
Votre signature en blanc m'a servi pour approuver
le jugement rendu à cet égard.... Vous voilà
libre ; si jamais vous contractez un nouveau lien ,
sachez mieux choisir. (*Il lui remet un porte-feuille
de billets de banque.*) Voilà les intérêts de la dot
de ma fille que je vous dois.

GERMEAU (*à part.*)

Que je suis heureux qu'il ne m'ait pas donné
son consentement ! et je n'y pensais plus !.... Que
j'étais ingrat quand je me plaignais de son refus !
(*Il prend la main de sa femme et de Duparc en
riant.*) Dans ce cas , mes enfans , je vous unis.

DUPARC.

Eh bien ! M. Germeau, à présent, dites, avez-
vous deviné le secret de la comédie ?

GERMEAU (*d'un air grave.*)

Avant tout, entendons-nous : vous voulez dire
votre secret ? car, vous savez, j'ai aussi le mien.
Le pari du déjeuner n'est pas encore gagné.

DUPARC (*intrigué.*)

Je veux que le diable m'emporte s'il y a encore
un secret qui puisse m'intéresser ; et j'espère bien

4

que vous ne pouvez pas vous refuser à payer le déjeuner.

GERMEAU (*riant.*)

C'est ce que nous allons voir.

~~~~~~

SCÈNE QUATORZIÈME.

LES PRÉCÉDENS, FLEURY (*arrivant à la hâte.*)

FLEURY (*vivement à Germeau.*)

Monsieur! Monsieur! les voilà toutes deux.

(*Tout le monde est étonné.*)

DUPARC.

Qui ?

FLEURY.

Madame Dumont et mademoiselle Julie.

DUPARC (*interdit, se frappant la tête.*)

Ma nièce !

GERMEAU (*riant aux éclats.*)

Oui, Monsieur, je l'épouse à mon tour : voilà
mon secret.

DUPARC (*fâché.*)

Vous, Monsieur, épouser ma nièce?..... Par
exemple, je voudrais voir cela.... Et mon consentement?
~~~~~~

GERMEAU (*toujours riant.*)

Vous oubliez votre signature en blanc ? Elle m'a
servi, et j'espère que je ris le dernier ; c'est à
vous à payer le déjeuner, j'espère que je l'ai gagné. (*S'adressant à la société pour dire ces dernières
paroles.*) Qu'en dites-vous ?

DUPARC (*encore plus en colère.*)

Plaisanterie... Maïs, juste ciel ! qu'ai-je fait en
lui donnant ma signature ?

GERMEUIL (*prenant la main de Duparc.*)

Allons, mon ami, point de pathétique, point
de grands sentimens, tu sais que je ne les aime
pas. Je veux rire, entends-tu bien ? je veux rire,
ou je m'en vas.

SCÈNE QUINZIÈME.

LES PRÉCÉDENS, Mad. DUMONT ET JULIE.

Mad. DUMONT (*étonnée se jetant dans les bras de
M. Dnparc.*

Comment, M. Duparc, vous n'êtes pas mort ?

DUPARC.

Moi, mort ? Qu'est-ce que cela signifie ? Dieu
merci, je me porte bien. Qui a pu vous dire ?....

Mad. DUMONT.

C'est le valet de chambre de Monsieur, qui m'a

assuré que vous étiez mourant d'une attaque d'apoplexie.

JULIE (*se jetant également dans les bras de son oncle.*)

Oui , mon cher oncle ; (*montrant Fleury*) c'est
lui qui nous a fait ce mensonge abominable. (*Regardant Fleury.*) Mentir ainsi ! c'est affreux !....
Mais enfin je vous revois aussi bien portant qu'hier ,
et la joie que j'en éprouve succède à la douleur et
au désespoir qui, à cette nouvelle, s'étaient em-
parés de moi.

DUPARC.

Je t'en remercie , mon enfant. (*Allant sur Fleury, la canne en main.*) Coquin ! attends !

FLEURY (*montrant son maître.*)

C'est Monsieur qui m'a ordonné de dire ainsi.

DUPARC (*à Germeau.*)

Et pour quelle raison , je vous prie?

GERMEAU (*toujours riant.*)

Pour faire arriver ma prétendue au plus vite.

DUPARC.

Vous connaissez donc ma nièce ! et depuis
quand?

GERMEAU.

Certainement, Monsieur , depuis deux ans.

(41)

DUPARC.

Comment, elle qui ne sort jamais de sa pension !

GERMEAU.

C'est vrai ; mais Madame Dumont et moi nous sommes depuis dix ans liés d'amitié.

DUPARC (*en colère à madame Dumont.*)

Comment, Madame, vous avez des amis de son âge, et vous souffrez que des hommes mariés viennent dans votre pensionnat?

Mad. DUMONT (*étonnée.*)

Comment! Monsieur est marié!

DUPARC.

Oui! Madame ; du moins il l'était.... confiez vos filles à de pareilles institutrices. Si j'en ai jamais, je les mettrai chez vous! comptez-y?

Mad. DUMONT (*à Germeau.*)

Comment! Monsieur, vous étiez marié. ! Vous n'êtes point le cousin-germain de Mademoiselle Julie? J'ai cru, moi, que tout était arrangé pour que Julie épousât son cousin, et vous ne l'êtes point!

GERMEAU (*riant.*)

Madame, vous ne vous étiez point trompée ; je l'épouse aujourd'hui. Il est vrai que je n'étais point son cousin ; mais comme (*montrant Duparc*)

il épouse ma femme, et moi sa pupille, j'espère
que nous serons cousins à double titre.

DUPARC (*toujours en colère.*)

Dites en parlant de Julie; sa nièce orpheline,
avec un million de fortune ; et j'y consentirais...
Non, jamais.

Mad. GERMEAU.

Dans ce cas, Monsieur, je ne puis vous épouser.

DUPARC (*interdit.*)

Et pourquoi, Madame? il me semble que son
mariage n'a rien de commun avec le nôtre.

Mad. GERMEAU (*à Duparc.*)

Monsieur je lui ai donné ma parole que sans
votre consentement à son mariage avec Mademoiselle Julie, je ne vous donnerais pas le mien....
jugez.... Vous ne voudrez pas me faire manquer
de parole; d'ailleurs, il a votre papier.

DUPARC.

Diable! c'est embarrassant....

GERMEUIL (*ironiquement.*)

Allons! mon ami, il faut rire ou je m'en vas.
D'ailleurs tu m'as dit toi-même tout à l'heure que
Germeau, à présent raisonnable, ferait le bonheur
de sa femme.

DUPARC (*d'un ton plus doux.*)

Juste ciel ! Il est donc vrai qu'il n'y a que les mauvais sujets qui soient heureux.

GERMEAU (*lui prenant la main.*)

C'est très-vrai, Monsieur ; c'est pour cela que nous le sommes tous deux. Si vous en doutiez, vous n'épouseriez pas ma femme ; car, grace à votre intérêt personnel ; qu'est-ce que je dis donc... grace à votre bonté, j'espère que vous comblerez mes vœux, en tenant votre parole.

DUPARC (*à Julie.*)

Mademoiselle , expliquez-vous.... que faut-il que je fasse pour sortir d'embarras ?

JULIE.

Nous marier, mon cher oncle !

DUPARC (*avec dépit.*)

Nous marier , mon cher oncle... Allons, puisque vous le voulez , épousez-le.

GERMEAU (*à part.*)

Ce que c'est que l'intérêt personnel ! C'est là le grand mobile !

DUPARC (*d'un ton gai.*)

Allons ! mes enfans , je vous unis.

GERMEAU (*à part à madame Germeau.*)

J'espère que je ne perds pas au change. Songe ! un million !

Mad. GERMEAU (*à part à Germeau.*)

Ni moi non plus.

DUPARC.

Mais songez bien, mes enfans, que si vous
n'êtes point heureux cette fois-ci, songez qu'il n'y
aura plus de ressource.

GERMEAU (*riant.*)

Mon cher oncle, ou mon cher cousin, comme
vous voudrez, dites si vous et nous ne sommes
pas heureux ; car cette moralité là doit vous ser-
vir aussi à vous-même... Je l'espère... A présent,
qui, de nous deux a gagné le déjeuner ? Je
crois qu'il n'y a pas de doute.

DUPARC.

C'est vous, Monsieur ; j'en conviens, et si vous
rendez ma nièce heureuse, je voudrais en avoir
perdu cent.

GERMEAU.

Allons ! alors mettons-nous à table ; et de
long-temps, je vous le jure, je n'aurai fait un
déjeuner aussi gai.

(*S'adressant au parterre.*)

Surtout, Messieurs et Mesdames, si vous êtes
aussi contens que moi, en prenant la chose
comme elle doit être en effet prise, c'est-à-dire,
au comique, nous rirons tous ensemble.

LE RIDEAU TOMBE.

www.ingramcontent.com/pod-product-compliance
Ingram Content Group UK Ltd.
Pitfield, Milton Keynes, MK11 3LW, UK
UKHW022206070726
13613UKWH00003B/1498

9 782329 018317